# Carceriera Nazista Dominante (Interrazziale)

Collezione di dominazione erotica

# Erika Sanders

Carceriera Nazista Dominante
(Interrazziale)


Erika Sanders
Serie
Collezione di dominazione erotica

# Sinossi

Parigi fine 1940.

Sede della Gestapo.

Il dipartimento FEM1 è il dipartimento dove vengono interrogati i prigionieri catturati dalla Gestapo.

Vicky è il capo di un dipartimento composto esclusivamente da donne lascive a cui viene notificato l'arrivo di un nuovo prigioniero ...

**Carceriera Nazista Dominante (interrazziale)** è un romanzo con un forte contenuto di BDSM erotico e, a sua volta, un nuovo romanzo appartenente alla collezione di Dominazione Erotica, una serie di romanzi con un alto contenuto di BDSM romantico ed erotico.

(Tutti i personaggi hanno 18 anni o più)

# Nota sull'autrice

Erika Sanders è una nota scrittrice internazionale, tradotta in più di venti lingue, che firma i suoi scritti più erotici, lontani dalla sua prosa abituale, con il suo nome da nubile.

# Indice

# CARCERIERA NAZISTA DOMINANTE (INTERRAZZIALE)
## ERIKA SANDERS

Sede della Gestapo a Parigi

Reparto FEM1

Mercoledì 30 ottobre 1940 ore 8:00

Mi sono svegliato all'improvviso, dolorante dappertutto.

I muscoli del collo mi stavano uccidendo e avevo le vertigini.

La luce del mattino, che filtra dalla finestra, illumina la mia scrivania e il mio viso.

Chiusi gli occhi e li strofinai con forza.

Devo essermi addormentato durante la notte mentre analizzavo un mucchio di rapporti che erano pervenuti il giorno prima.

Uno sguardo allo specchio rivelò il viso stanco di una graziosa ragazza di diciannove anni con occhi e capelli castano scuro che sembrava non avesse dormito abbastanza da giorni.

Sfortunatamente, lo specchio non mente mai.

Aveva lavorato per quindici ore ogni giorno nelle ultime tre settimane a causa del fatto che era stato scoperto un grande anello di spie.

Mio padre era molto in alto nella gerarchia del partito nazista a Berlino e, di conseguenza, fui nominato capo del personale del dipartimento FEM1 della Gestapo a Parigi.

Il nostro dipartimento era composto solo da donne ed era responsabile dell'interrogatorio delle donne in cattività.

Il mio grado era tenente e sotto i miei ordini diretti c'erano due sergenti di nome Michelle e Kat, entrambi ventenni.

Michelle era francese con lunghi capelli scuri e bellissimi occhi penetranti.

La sua dimensione del bicchiere era di 90 ° C, proprio come quella di Kat, ed era snella e atletica.

D'altra parte, Kat era olandese con lunghi capelli biondi, occhi blu-verdi e polpacci perfetti.

Era qualche centimetro più alta di Michelle e pesava qualche chilo in più.

Entrambi avevano dei culi grandi e stretti e le gambe più lunghe di Parigi che io conoscessi.

Ero un po 'più alto Kat e il mio bicchiere misurava 95 B.

Uno sguardo alla mia scrivania ha rivelato la presenza di un nuovo documento.

Qualcuno deve averlo portato durante la mia pausa e lasciato lì.

Il documento riguardava il trasferimento di una donna prigioniera che era stata catturata durante un raid della Gestapo in un caffè parigino.

La prigioniera in questione sembrava essere una cittadina americana di venticinque anni, residente a New York, ed era ... nera?

Ho immediatamente aggrottato la fronte e ho pensato che stesse diventando molto interessante.

Il file allegato al documento diceva che avrebbe dovuto interrogare il soggetto ed estrarre qualsiasi informazione preziosa con qualsiasi mezzo disponibile.

Ho preso il telefono e ho ordinato a Kat e Michelle di cambiarsi d'abito e di incontrarmi nel seminterrato.

Mi sono anche cambiato velocemente e sono sceso le scale che portavano al seminterrato.

Michelle e Kat erano già lì, vestite con i loro abiti da "interrogatorio".

Ciascuno indossava una maschera di pelle nera con aperture per gli occhi, il naso e la bocca.

I loro capelli erano raccolti in una coda di cavallo dietro la testa.

Corsetti di pelle nera si strinsero intorno ai loro corpi snelli, facendo apparire i loro seni nudi come due picchi di montagne carnose.

Indossavano guanti di pelle nera sui gomiti e intorno al braccio destro c'era un elastico rosso e bianco con una svastica nera nel mezzo.

Piccole corde di cuoio nero, quasi inesistenti, coprivano i loro inguine e lasciavano i loro culi completamente scoperti.

Indossavano entrambi calze di nylon nere e stivali della Wehrmacht.

"Porta la prigioniera e legale le mani con quelle catene sospese", ho ordinato.

"Ah, mia padrona" esclamarono entrambi.

L'hanno portata dentro e le hanno assicurato le mani sollevandole sulle catene pendenti.

Ho preso il mio tempo e l'ho ispezionata a fondo da cima a fondo.

Sembrava alto non più di un metro e mezzo e circa sessanta chili.

I suoi occhi neri a mandorla riflettevano la luce artificiale del seminterrato come specchi magici e il suo naso era tipico degli afroamericani.

Una bocca abbastanza grande con labbra carnose e carnose ha tradito il suo desiderio sfrenato per il piacere orale.

I suoi capelli neri lunghi fino alle spalle erano lunghi e lisci con lunghi riccioli all'estremità.

Indossava un abito floreale giallo lungo e aderente che metteva in risalto le dimensioni perfette del suo corpo.

Tutto sommato, era una ragazzina di cioccolato ed ero sicura che le mie ragazze avrebbero apprezzato questo piatto esotico a loro piacimento, poiché non avevano mai avuto l'opportunità di incontrare persone di colore prima.

"Vorrei che mi informassi del motivo del mio arresto. Sono cittadino statunitense e non hai il diritto di trattenermi qui. Le condizioni della mia detenzione sono assolutamente scandalose. Non ho dormito, mangiato e bevuto per molte ore Avresti dovuto informare l'ambasciata degli Stati Uniti della mia cattura e io pretendo ... "tentò di protestare.

"Chiedete? CHIEDETE? Non siete in grado di chiedere niente. Vi rendete conto di quale sia la vostra situazione? Ti accusano di essere una spia e questo comporta solo la condanna a morte. Quindi è meglio che inizi a parlare, perché Non ho molto tempo a disposizione "gli ho urlato.

"Deve esserci un errore nei tuoi rapporti. Sono sicuro che mi hai preso per qualcun altro. È il mio primo viaggio in Europa e ho visitato Parigi per le sue attrazioni notturne. Ero intrappolato qui quando è scoppiata la guerra e non sono riuscito a trovare la via del ritorno. a casa.

La sua polizia mi ha arrestato mentre parlavo con un uomo che avrebbe organizzato il mio viaggio di ritorno. Non so altro ".

"Come ti chiami?" Le ho chiesto.

"Il mio nome è Gina, tenente", ha detto.

"D'ora in poi mi chiamerai signora Vicky. Hai capito?" Dissi e allo stesso tempo la schiaffeggiò forte.

"Ahi! ... Sì ... Sì ... Signora ... Vicky ..."

"Ascolta, puttana degradata. Mi racconterai tutto in dettaglio. Non voglio sprecare il mio tempo prezioso con te. Dammi nomi, luoghi, codici e tutto il resto richiesto. Prometto di non farti del male e di lasciarti andare quando avremo finito o scoprirai quanto posso essere crudele." . Le ho detto tirandole i capelli.

"Aaaahhh ... giuro su Dio ... non so ... niente ... per favore ..."

"Vuoi giocare duro? Vedremo a riguardo. KAT E MICHELLE SI PRENDERANNO CURA DEI TUOI VESTITI ORA. LI PRENDEREMO COMPLETAMENTE SVESTITI!" Ho abbaiato i miei ordini.

Kat e Michelle con occhi selvaggiamente luminosi si avventarono sulla loro vittima indifesa e iniziarono a strapparle il vestito a pezzi.

Gina si contorse disperatamente il corpo mentre dita versatili le strappavano senza pietà il vestito, il reggiseno, il perizoma, il reggicalze e le calze di nylon.

Ha finito per indossare solo un paio di tacchi bianchi e nient'altro.

Sembrava che la piccola dimostrazione della mia autorità su Gina non avesse lasciato nessuno indifferente.

I capezzoli gonfi rosa pallido di Kat rivaleggiavano con quelli marroni gonfi di Michelle in termini di bellezza, dimensioni e durezza.

Gli occhi di Michelle erano fissi sulla fessura pelosa e luccicante di Gina e la sua lingua si leccava le labbra carnose, mentre Kat accarezzava gli splendidi capezzoli di Michelle con la mano destra mentre la sua sinistra era sepolta tra le sue cosce lattiginose.

"Ti piace quello che vedi Michelle?" Gli ho chiesto.

"Sì signora, è così bella e indifesa", disse Michelle.

"Ti ecciti per una sporca figa nera?" ho urlato

"Sì signora ... Umm ... Nooooo ... non sono ..." Michelle cercò di scusarsi.

"HAI DIMENTICATO DI APPARTENERE ALLA RAZZA ARIANA? Siamo destinati a governare il mondo. È nei nostri geni imporre la nostra supremazia e le nostre regole agli altri. Dobbiamo schiavizzare il mondo intero e portare l'alba di una nuova era. L'era del NUOVO! ORDINE! Non ci saranno altri maestri oltre a noi. Neri, gialli, rossi sono obbligati a servire e lavorare per la gloria del terzo Reich ".

"Guarda e dimmi cosa c'è in comune tra te e quella puttana. Tu e Kat appartenete ai migliori esempi che la nostra razza ha da mostrare. Kat è alta, bianca e intelligente; Sembra una Valchiria del nord, piena di potere e gloria, pronta ad uccidere i suoi nemici, e lo è!

"Somigli ai tuoi grandi antenati gaelici che non hanno mai smesso di combattere valorosamente contro tutti i loro numerosi nemici, nel bene e nel male. Quei grandi uomini e donne hanno lasciato il loro segno indelebile su di te. Non lo vedi? Non lo senti? Non hai letto come hanno combattuto, difendendo la loro cultura, le loro famiglie e il loro paese? "

"Sei sicuro di volerti confrontare con queste persone che passano tutto il loro tempo a correre nudi e ad accoppiarsi rotolando nel fango? Cosa sanno della cultura e della civiltà? Assolutamente niente. Anche il mio dobermann li supera tutti con estrema facilità".

"La tua nazione ha cresciuto così tanti grandi uomini e donne che hanno contribuito così tanto al mondo che non avrebbe senso fare riferimento ai loro successi. Stai disonorando la tua eredità. Mi stai disgustando! "

"Mi dispiace, signorina Vicky, non intendevo quello che ho detto prima. Le chiedo umilmente di perdonarmi. Per favore, signora, la prego. Non mi mandi al plotone di esecuzione. Io ... farò di tutto per farti piacere come Lo faccio sempre ... Per favore ... "implorò Michelle.

"Sei molto fortunata Michelle perché ho nel cuore tanto amore per te. Non ti denuncerò ai miei superiori, ma ti concederò il desiderio che stavi cercando. Ti do l'opportunità di servire quel miserabile ano e figa usati. SULLE GINOCCHIE E LECCATELO IL CULO, PUTTANA !!! "le ho urlato contro e ho sbottonato la giacca di pelle nera al ginocchio del mio ufficiale.

Michelle si inginocchiò e strisciò sulla schiena di Gina.

Mi sono sbarazzato della mia giacca e sono rimasto lì con le gambe divaricate e le mani sulla vita.

Indossava un corsetto di pelle nera che non copriva il petto, con bretelle e un paio di guanti abbinati.

Quattro file di catene di metallo, con i bordi attaccati a ciascuna cinghia, coprivano i miei seni nudi e una cinghia di cuoio senza cavallo abbracciava i miei fianchi sodi.

Indossava anche stivali di pelle alti fino alla coscia con tacchi a spillo.

Michelle ha cominciato ad accarezzare e baciare il culo nero perfetto di Gina con impazienza.

Le sue mani aprirono e chiusero le sue natiche con sfrenata lussuria.

Stava impastando, massaggiando, baciando e leccando quelle sfere nere, in quell'ordine, senza prestare attenzione a nient'altro.

La sua lingua si stava scatenando nella fessura del culo di Gina, stuzzicando il buco nero con la punta senza sosta.

Ha anche ficcato il naso e inalato il profumo muschiato del suo ano.

"Kat, voglio che sculacci il culo di Michelle senza rimorsi. Insegnale una lezione. Disciplala come farei io," le dissi con disgusto totale.

"Mmmmm ... lo farò sicuramente Mistress ... Piacere mio" rispose Kat allegramente.

"Fai diventare rosso quel sedere! Punisci il suo sedere audace con lo strumento della distruzione! Voglio vedere la sua pelle bianca e vellutata versare lacrime di sangue!" L'ho pungolata.

"Ah. Padrona."

Obbediente, Michelle alzò il sedere e aspettò l'inevitabile, sebbene continuasse a spingere la sua agile lingua rossa nel canale anale di Gina.

Deve aver fatto un ottimo lavoro perché Gina ansimava e dondolava il bacino in modo incontrollabile.

Kat si è messa alle spalle di Michelle e ha inferto il primo colpo alla schiena voluttuosa di Michelle.

I suoi fianchi si contorsero e si lasciò sfuggire un piccolo gemito nel culo di Gina.

Kat colpì di nuovo e Michelle morse forte la carne del culo di Gina, che a sua volta gemette e inarcò la schiena.

Mi avvicinai a Gina e iniziai a far rotolare i suoi capezzoli marroni gonfi tra il pollice e l'indice.

Ha urlato in agonia e l'ho schiaffeggiata molte volte.

Poi le ho preso i seni e li ho impastati duramente.

Ho preso un po 'di tempo ad abusare delle sue tette mentre la guardavo negli occhi.

Nel frattempo, Kat stava sculacciando il culo di Michelle con grande esperienza e molti dossi rossi erano apparsi sulla sua pelle martoriata.

Michelle non ha mai smesso di scopare il culo di Gina, anche se il suo sedere ha sofferto molto per la pioggia di colpi di Kat.

"Hai qualcosa da dirmi?" Ho chiesto ironicamente a Gina.

"Mmmmmm ... Ow! ... Oohhh ... te l'avevo detto ... non so niente ... per favore ..." gemette.

"Quindi, ti stai soffermando sulla tua storia. Molto bene, continuerò allora."

"Kat! Smettila di strofinarti la figa e concentrati sul tuo dovere. Indossa il grosso fallo e fanculo il culo di Michelle. ORA!"

Mentre Kat si allacciava alla vita la sua imbracatura per fallo lunga otto pollici e larga tre pollici, afferrai una frusta di cuoio a cinque code dal tavolo vicino.

Poi ho iniziato a sculacciare le piccole tette di Gina, assicurandomi di colpire anche i suoi capezzoli duri ad ogni colpo.

La stava anche insultando con nomi come puttana da quattro soldi, figa usata, nera, troia sporca, ano sporco e altri.

Kat si mise alle spalle di Michelle e le si mise a cavalcioni.

Piegò le ginocchia, mise da parte la corda di cuoio di Michelle e guidò la testa del fallo fino all'ingresso del suo ano.

A quel punto Michelle era in ginocchio e baciava e leccava le caviglie di Gina.

Kat ha spinto forte e ha piantato il suo "pene femminile" nella stretta apertura anale ricettiva di Michelle.

Michelle scosse la testa, gettando i capelli in aria, e gemette di dolore mentre Kat le afferrava i fianchi con le mani, usandole come ancore per mantenersi.

Kat ha poi proceduto a scopare violentemente Michelle nel culo prendendo un ritmo veloce e costante.

Mentre sculacciavo le tette vivace di Gina, ho notato che il suo tumulo peloso e la sua fessura erano fradici.

Il suo clitoride rosso spuntava dal suo cappuccio nero, sovrastimolato dall'azione in corso.

La puttana del cioccolato doveva essersi goduta quello che stava succedendo.

Riportai immediatamente la mia attenzione e iniziai a frustarle la pancia e le cosce.

Le cinghie di cuoio della mia frusta abbracciarono selvaggiamente ogni curva del suo corpo come lingue serpentine, lasciando i loro segni innegabili ovunque.

Anche il suo clitoride gonfio voleva condividere la sua passione mentre si stava allungando in uno sforzo scrupoloso per ricevere la punizione di cui aveva così disperatamente bisogno.

Pochi colpi ben mirati sul suo pulsante sensibile soddisfacevano pienamente quella malvagia ricerca di sollievo, anche se il prezzo da pagare era un dolore atroce.

"Acqua … per favore … dammi un po 'd'acqua … ho tanta sete … Padrona," la pregò Gina.

"Solo se mi dai quello che ti chiedo, soddisferò le tue richieste. Sei pronto a parlare?" Disse.

"Per favore … non sono una spia … solo … un turista … ho … bisogno di … acqua."

Impallidivo e rimasi lì immobile e senza parole.

Ho immaginato di stare di fronte al plotone di esecuzione … poi un forte colpo … abbracciarmi e mordere la terra oscura … mio padre mi ha dato il colpo finale (colpo finale) con la sua pistola …

Quello non aveva valore.

La feccia si era rivelata una noce molto difficile da rompere.

La mia vita non varrebbe un centesimo se venissi meno al mio dovere.

Ho guardato per terra e ho visto Kat e Michelle fare l'amore appassionato.

Michelle era sdraiata sul pavimento con le gambe divaricate e Kat era sopra di lei e le batteva la figa bollente come un'anima dannata.

Stavano premendo i loro capezzoli eccitati l'uno contro l'altro e le loro lingue rosse erano impigliate in un valzer frenetico.

A Kat e Michelle non potrebbe importare di meno del mio futuro.

Il sangue nelle vene iniziò a ribollire e la mia vista stava diventando sempre più scura.

Non poteva decidere prima cosa voleva fare.

Dovrei strangolare Gina lentamente, a mani nude, molto lentamente?

O iniziare a prendere a calci in culo Kat e Michelle senza sosta?

"Kat e Michelle smettono di fare quello che stai facendo e vieni qui! ORA! Allenta le catene di Gina e preparati!" Li ho ordinati.

Fecero come gli era stato detto e Gina cadde in ginocchio con le mani ancora alzate.

"Michelle, la nostra prigioniera ha sete. Dalle il tuo nettare."

"Di certo ama."

Michelle avvicinò il bacino alla bocca di Gina e tirò da parte la sua biancheria intima di pelle. Separò i suoi petali di rosa e lasciò andare la sua urina fumante e salata.

Gina aprì la sua bocca larga e tirò fuori la lingua quando Michelle stava guidando il suo flusso di urina lungo la sua gola assetata.

Stava inghiottendo avidamente il fiume giallo di Michelle mentre la sua lingua catturava ogni goccia che mancava il suo segno nell'aria.

Kat si avvicinò e iniziò a fare pipì anche su Gina.

Le stavano bagnando naso, occhi, bocca e tette con i loro fluidi dorati.

Gina è impazzita cercando di ingoiare i torrenti di urina di Kat e Michelle contemporaneamente perché non voleva perdere una sola goccia.

Dopo aver finito di fare pipì, Michelle ha infilato la sua figa bagnata sulle labbra di Gina.

Gina iniziò immediatamente a leccare e mordicchiare i suoi petali di velluto, succhiando profondamente e ingoiando fluidi d'amore e di urina.

Ho mandato Michelle a mettersi un dildo nero da diciotto pollici e Kat ha preso il suo posto sul posto.

Gina aprì la bocca il più possibile per accogliere il grosso fallo di Kat.

Kat ha guidato il suo "pene femminile" nella sua gola e ha cominciato a dondolare i fianchi da un lato all'altro.

Gina ha avuto la nausea un paio di volte, ma ha continuato a ingoiarla.

Si abituò rapidamente alle sue incredibili dimensioni e, a sua volta, iniziò a scuotere la testa, incontrando le spinte di Kat nel mezzo.

Ho ordinato a Kat di sdraiarsi sul pavimento e posizionare il bacino tra le cosce di Gina.

Lo fece e mise il suo "fallo" in posizione verticale.

Gina gli è letteralmente saltata addosso e la sua calda figa nera lo ha subito inghiottito.

Stava dondolando il suo corpo troppo velocemente con lo strumento duro di Kat e le sue tette oscillavano su e giù a tempo con i suoi movimenti.

Michelle afferrò i capelli di Gina e la fece piegare in avanti.

Gina giaceva completamente sopra Kat e i loro seni entrarono in contatto.

Michelle si inginocchiò dietro e allargò le natiche di Gina.

Si è goduta la vista del culo di Gina per un momento e poi ci ha messo la testa del suo dildo nero.

Michelle spinse forte e fece scorrere la testa contro il riluttante sfintere di Gina con difficoltà.

Gina, a sua volta, ha urlato quando ha sentito il suo culo essere penetrato violentemente.

Sembrava che l'urlo di Gina fosse il segnale per Kat e Michelle di impazzire.

Michelle ha iniziato a martellare il culo di Gina come una cagna in calore e Kat stava spingendo il suo bacino perforando la fica allungata di Gina mentre le sue mani le pizzicavano i capezzoli.

Con due strumenti che lavoravano i suoi buchi come pistoni ben lubrificati, Gina non aveva altra scelta che soccombere.

"¡¡¡¡¡¡¡¡¡¡¡¡Oh Dio! Sono una puttana! PER FAVORE ... SCOPAMI ... ENTRAMBI ... TU ALLO STESSO MOMENTO! VOGLIO ESSERE ... UNA PUTTANA NAZISTA ... IO ... VOGLIO ... TI DICO ... TUTTO ... SEMPLICEMENTE ... CONTINUA A SCOPARMI. .. PER FAVORE !!! OHHH ... VENGO !!!!!!!!!!! "

"So che lo farai" ho detto con un grande sorriso stampato in faccia.

# FINE

# BENVENUTO SELVAGGIO
# ERIKA SANDERS

25

Susan era sdraiata sul divano a pensare al suo partner.

Lo amava con tutto il cuore e il suo sogno era che facesse quello che voleva da lui con i preliminari.

Leccala e succhiala finché non vale la pena morire per il suo livello di estasi.

Quindi scopala con un sesso più potente della creazione.

È stata una notte così noiosa.

Susan era sdraiata sul divano con il reggiseno di seta rosa e le mutandine a guardare un film.

Ma Susan stava pensando al suo ragazzo, al suo bel corpo, agli occhi verdi e ai capelli castano scuro.

La lingua di Susan spuntò dalle sue labbra mentre pensava a lui, lussuria riempiendo la sua mente e il suo corpo.

Proprio in quel momento, Susan sentì aprirsi la porta, era finalmente arrivato.

Eccitata e bagnata, balzò in piedi e corse verso la porta.

Rimase lì con i suoi jeans e una maglietta bianca.

Entrò nella stanza notando i seni belli e sollevati di Susan mentre quasi le cadevano dal reggiseno per l'eccitazione.

Afferrandola per la vita, la tirò a sé e la baciò profondamente.

"Sono così fottutamente eccitato," sussurrò Susan con la sua bocca calda e bagnata. "Fottimi ora."

Non avendo bisogno di un secondo invito, spinse Susan verso il tavolo della cucina.

Si tolse la camicia e spense le luci, oscurando la stanza.

Susan giaceva sul tavolo, i suoi capezzoli che ora sbirciavano dal suo reggiseno bianco e una macchia bagnata che si formava sulle sue mutandine abbinate.

Si avvicinò a lei, formando un grumo nei suoi jeans.

Si china su Susan baciandole delicatamente la pancia, leccandola.

Susan ansima di piacere e le sue mani gli afferrano la testa per avvicinarlo.

Continuò a leccarle e baciarle la pancia, di tanto in tanto scendendo sulla sua figa, ancora coperta dalle sue mutandine, per soffiare aria calda su di lei.

Si afferra la biancheria intima con i denti, tirandoli giù con un rapido movimento.

Li lancia sul tavolo e annusa i loro pub.

Susan inizia a gemere e respirare affannosamente.

Seppellendo il viso nella sua figa bagnata, alza la mano per toglierle il reggiseno.

Il seno vivace di Susan si riversa sulle sue mani morbide.

Leccò di nuovo delicatamente la fessura di Susan prima di avvicinarsi al frigorifero.

Aprendolo, tirò fuori una ciotola di fragole. Ne prese due, mettendone una sulla pancia di Susan e l'altra tra i suoi seni.

Le leccò l'ombelico e la mangiò più tardi.

Continuò a leccarle il corpo dal basso verso l'alto e alla fine passò alla fragola successiva.

Leccando la scollatura di Susan, muove la fragola su e giù tra i suoi seni.

Susan geme per la sensazione insolita.

Continua a spostare la fragola più in basso e più in basso nel corpo di Susan, fino a quando non raggiunge la sua figa spingendo la fragola con la lingua.

Susan ansimò e vide la sua figa contrarsi con la fragola coperta nei suoi succhi.

Ha spinto la fragola più a fondo nella sua figa.

La coprì con la bocca, succhiando delicatamente fino a quando la fragola tornò in bocca; ora coperto di succhi dalla figa di Susan.

Sorseggiando la fragola, la mangiò e si mosse per girare Susan sul suo stomaco.

Con il sedere in aria, lo accarezzò.

Schiaffeggiò dolcemente Susan sul culo, prima di tuffarsi nel suo culo e leccarlo, lasciando succhioni su tutto il sedere.

Lì vicino c'era un barattolo di miele, allungò la mano e lo sfregò sulle labbra di Susan.

Poi spinse la lingua dentro di sé facendo gemere Susan.

Ha succhiato la lingua in profondità nella sua figa.

Gemendo ad alta voce, Susan disse:

"Fottimi ora."

Si tolse i jeans, il suo cazzo stava per esplodere.

Ora nudo, il suo cazzo sporge grande e forte.

Afferrò Susan, facendo scorrere le mani sulle sue cosce interne mettendo il suo cazzo appena dentro la sua entrata.

Si strofinò la testa contro la sua umidità; Delicatamente, aprì le labbra e fece scivolare delicatamente la testa del suo membro.

Un gemito sfuggì alle labbra di Susan mentre sentiva la punta del suo membro entrare in lei.

Susan gemette più forte mentre faceva scivolare il resto del suo enorme cazzo duro nella sua figa.

Mentre la riempiva tutta, lei strinse le pareti della sua fica, provocando un gemito da parte sua.

Cominciò a pompare il suo cazzo dentro e fuori dalla figa di Susan, guidando sempre di più ad ogni colpo.

Continuò a picchiare la sua figa facendo gemere Susan sempre più forte.

Afferrandole le cosce, colpì più forte che mai, ringhiando mentre invadeva il corpo di Susan con il suo enorme cazzo.

Susan urlò:

"Mi sento così bene, piccola, fottimi più forte."

Batté più forte il suo cazzo nella fica di Susan, sentendo l'accumulo di sperma alla base del suo cazzo.

Le sue palle colpiscono il sedere di Susan con il movimento di lui.

Susan emise un lungo gemito e cominciò ad avere un orgasmo selvaggio, la sua figa gli stringeva il cazzo, quindi iniziò anche un orgasmo.

Lo sperma spuntò dal suo cazzo, il primo schizzo entrò nella figa di Susan.

Ma si ritirò, lasciando il resto a spruzzare il suo corpo.

Proprio quando il suo orgasmo iniziò a placarsi, le infilò le dita nella figa pompandole rapidamente, mandando di nuovo Susan all'orgasmo.

Gemendo e muovendosi attraverso il tavolo, Susan lo tirò su di lei e lo baciò profondamente.

Il suo sudore e il suo seme si mescolavano tra i due corpi.

Dopo aver rilassato entrambi disse:

"È bello essere ricevuti così".

.

# FINE

# TRADITO
# ERIKA SANDERS

# Capitolo I

Becky sentì il suono della chiave nella serratura.

Corse giù per le scale, accese la luce del corridoio e aprì la porta.

Jack era lì sotto la pioggia, con il cappuccio sopra la testa, la chiave si fermò in mano mentre i suoi occhi scuri la fissavano.

"Oh mio Dio, sei venuto" disse Becky allegramente.

Saltò in avanti e gli avvolse le braccia attorno alle spalle, abbracciandolo, sentendo la pioggia che copriva il suo cappotto infilarsi nella parte superiore dei suoi vestiti attillati.

Non le importava.

Il suo uomo era qui e questo era tutto ciò che contava.

Liberò Jack da un abbraccio effusivo e gli mise le mani bagnate sul viso.

La sua espressione seria non era cambiata.

"Cosa c'è che non va?" Ha detto.

"Dobbiamo parlare."

Becky si sentì sussultare lo stomaco, ma si fece da parte per far entrare Jack e togliersi gli stivali bagnati.

Entrò nel soggiorno, sfregandosi nervosamente le braccia mentre aspettava che Jack le desse la brutta notizia, qualunque essa fosse.

Quindi entrò nel soggiorno, sempre con un'espressione seria sul volto scarno.

"Dacci da bere, per favore", ha detto.

Becky si avvicinò al carrello dei liquori e servì due grappe.

La sua mano tremò mentre allungava uno degli occhiali e beveva rapidamente la sua.

Jack si avvicinò alla sedia con i suoi calzini piuttosto umidi.

L'immagine che ha dato in quel modo era un po 'divertente.

Avrebbe riso se non fosse stato per il momento teso.

Si sedette sul bordo del sedile, non accomodante, non togliendosi il cappotto mentre si preparava a dare la cattiva notizia.

Bevve un sorso di brandy prima di parlare.

"Sa tutto di noi", disse dopo aver preso il liquore con un ultimo sospiro.

Becky sentì le sue ginocchia indebolirsi, il suo cuore battere forte.

Un altro bicchiere di brandy è stato versato.

Si avvicinò al divano di fronte a Jack e si sedette.

"Come?" Disse dopo un altro sorso di liquido caldo.

"Ho detto."

Becky si accigliò.

"Gliel'hai detto? Per che diavolo?

"Non ce la faccio più."

Becky si alzò.

Per favore, dimmi che mi stai prendendo in giro, Jack.

Scosse la testa negandolo.

"Perché dovresti dire a tua moglie che la tradisci?"

Jack alzò gli occhi da sotto le sopracciglia folte che lo facevano sembrare un cucciolo birichino.

"Non riuscivo a vederla indifferente e calma mentre continuava a nascondere il nostro sporco segreto."

'Il nostro sporco segreto È tutto per lui? Pensò Becky.

"Beh, cosa ha detto?" Disse Becky, fingendo di non aver sentito l'ultimo commento mentre camminava da un lato all'altro della stanza.

"È disposta a darci un'altra possibilità. Se questo si ferma."

Becky smise di camminare e guardò il viso di Jack.

"Noi? Vuoi dire che tu e lei siete insieme dopo averglielo detto?"

Jack annuì.

"Mi lascerai così? Perché lo dice?"

"Lei è mia moglie."

"E io cosa ero?"

"Sai cos'era. Ti avevo detto che non avrei mai lasciato mia moglie. Questo era sempre sesso tra te e me."

'Sai cos'è stato. Passato. Era già finito nella sua mente. Come ha potuto farmi questo?'

Nonostante avesse detto che non avrebbe mai lasciato Mary, Becky pensò che potesse convincerlo che era davvero la donna di cui aveva bisogno.

E non è così?

Sembrava di no.

Jack aveva finito di bere e si alzò per andarsene.

Becky gli si avvicinò.

"Tutto qui, allora?" Disse lei, guardandolo rabbiosamente. "Lo lasceresti cadere così e te ne andresti?"

Jack sospirò mentre la allontanava per andare in fondo al corridoio.

"Becky, ho figli", disse, esasperato ora.

Oh no, non se la sarebbe cavata facilmente.

Prima tutto era complimenti e messaggi beffardi ed erotici, con molti baci alla fine per farmi deliziare.

Questo è quello che fanno tutti, per ottenere ciò che vogliono.

Poi, quando ne hanno avuto abbastanza, diventano difensivi e cercano di sbarazzarsi di te.

La vera faccia di Jack era ora mostrata.

Non era stata altro che un pezzo di carne per lui, una scopata facile.

Feccia.

Una puttana

Questo era il modo in cui gli uomini l'avevano sempre trattata. Jack non sarebbe stato diverso.

"E allora? Molte persone divorziano oggi. I bambini lo superano. Hanno ancora entrambi i genitori", disse freddamente.

"Sono bambini, Becky," scattò Jack. "Hanno bisogno di una famiglia. Sicurezza. Un papà che è sempre in giro. Non uno che si presenta alcune volte alla settimana."

Per quanto riguarda me? pensò un po 'egoisticamente.

La donna che non può avere figli.

La donna che sarà sempre e sempre permanentemente sterile, incapace di dare a un uomo una famiglia.

Il fenomeno.

Quello raro.

Quello che è buono solo per divertirsi, per scopare.

Chi la amerebbe davvero?

"Andrò a casa tua", minacciò. "Le dirò cosa abbiamo fatto. Come mi hai portato nel bosco in macchina e mi hai scopato sul sedile posteriore. Dove i suoi figli siedono tutti i giorni durante il viaggio a scuola. Come mi hai portato nello stesso ristorante in cui le hai proposto Vedi se poi cambia idea. "

Jack si voltò all'ingresso, lasciando le dita sul cappuccio che stava per sollevare sopra la sua testa.

"Non lo farai".

"Guardami."

Becky vide, per la prima volta, uno sguardo negli occhi di Jack che aveva visto in molti uomini prima.

Disgusto.

Ciò che avevano avuto tra loro, qualunque cosa fosse stata per lui, era sparito.

Sapeva che non l'avrebbe mai recuperato.

Il labbro superiore si incurvò mentre si passava il cappuccio sulla testa e si chinava per afferrare gli stivali.

Becky sentì il calore sbiadire dalla sua carne, la fredda sensazione di essere lasciato indietro.

Abbandono.

L'aveva sentito troppe volte prima.

"Non puoi lasciarmi, Jack," supplicò, sentendo il flusso familiare di lacrime che le saliva dagli occhi.

"È finita", disse bruscamente, la sua voce si arrotolò per la rabbia.

"Non farmi questo, Jack. Per favore!"

Lui annodò il laccio dello stivale e si raddrizzò, scrutandola da sotto il riparo del suo cappuccio.

"Non avvicinarti più a me o alla mia famiglia. In tal caso, chiamerò la polizia."

Alzò la mano e lasciò cadere la chiave sul pavimento.

La chiave che gli aveva dato nella speranza che potesse vederlo come la sua vera casa, dove alla fine sarebbe venuto a vivere in modo permanente.

Fu l'ultima pugnalata nel suo cuore.

Sbatté sulla porta e fece un rapido passo nel giardino.

Becky era in piedi sullo zerbino, le sue guance luccicavano di lacrime nella luce intensa del soggiorno, osservando la sua figura alta avanzare nella pioggia.

Lontano da lei.

Di nuovo alla sua famiglia.

Fuori dalla sua vita per sempre.

# Capitolo II

Becky si guardò dentro il bicchiere e si sentì girare la testa.

Il whisky ha lasciato un sapore aspro e amaro sulla sua lingua.

Con le dita tremanti sul vetro, lo raccolse e lo gettò sul muro del camino.

Si scontrò con lo specchio, facendo esplodere frammenti di vetro e poi precipitò sul pavimento e sul folto tappeto.

Saltò giù dal divano e si diresse al telefono.

Le lacrime le salirono negli occhi mentre afferrava l'auricolare, ma disse che non avrebbe più pianto.

Si morse il labbro, componendo con determinazione il numero.

Dopo qualche istante, rispose una voce maschile acuta.

"Ciao?"

"Harry, questo è Becky," disse, soffocando la sua ubriachezza con un soffio.

"Becky? Gesù, perché chiami proprio adesso? Sono le due del mattino."

"Scusa. Ho solo ... ho bisogno di stare con qualcuno."

"Cosa? Proprio ora?"

"Sì."

Udì un fruscio dall'altra parte della fila, il fruscio delle sigarette di Harry che si asciugava la gola mentre si muoveva attorno al letto.

"Mi stai davvero svegliando per una scopata nel mezzo della mattina?"

Becky sentì un nodo allo stomaco alle sue parole.

E se davvero non avesse bisogno di qualcuno che si soddisfacesse?

Tuttavia, a Harry non importava.

Era solo un uomo tipico con solo una cosa in mente.

Ha fermato la tentazione di esplodere.

"Perché no? È un momento buono come un altro", disse, un po 'agitata.

"Devo essere sveglio alle sei."

"E allora? Puoi dormire domani sera. E almeno andrai a lavorare soddisfatto invece di sbadigliare."

"Sono devastato in questo momento. L'unico modo per evitare di sbadigliare al lavoro è qualche ora in più di sonno e non esercizio fisico."

Becky si pizzicò le labbra per la frustrazione e afferrò le sue sigarette che erano posizionate accanto al telefono.

Ne accese una e fece un lungo, profondo succhiare, poi si strofinò la tempia con il pollice mentre rilasciava il fumo denso.

"Farò quello che vuoi", disse, e la nicotina gli diede abbastanza forza per cercare di sedurlo.

"Il cosa?" Disse Harry.

"Ti infilo la lingua nel culo. Ti mangerò come un uomo mangia una donna."

Ci fu una pausa e sentì Harry pensare dall'altra parte.

Non molte donne erano disposte a mangiare il culo di un uomo e Harry aveva un ano particolarmente sensibile, la sua lingua aveva la capacità di far piegare e urlare tutto il suo corpo allo stesso tempo.

Tuttavia, stasera sembrava davvero stanco. Anche quello non era abbastanza per tentarlo.

"Oh Becky. Non avresti potuto chiamare un momento migliore?

"Mi metterò il guinzaglio. Ti faccio una lunga e fottuta scopata. È quello che vuoi, Harry? Uno. Lungo. Difficile. Scopata."

Harry sembrò nervoso e agitato quando rispose.

Becky sapeva che il suo cazzo era duro come una pietra sotto le coperte prima del suo esplicito e sudicio coraggio.

Ma qualunque cosa cercasse di tentarlo, sembrava che non si sarebbe mosso.

"Scusa, Becky. Devo passare. Che ne dici di venerdì sera?

Becky vide il posacenere sul tavolino e spense la sigaretta.

"Sei proprio come tutti gli uomini, vero? Pensi che scapperò quando dici. Beh, sai una cosa, Harry? Puoi fregarti. Quella è stata la tua ultima possibilità e hai rovinato tutto."

"Cosa ... Becky?"

"Ciao Harry. Dormi profondamente se puoi. Accidenti!"

Sbatté il telefono sul ricevitore.

Becky rimase seduta sul letto per un momento, con il cuore che le batteva forte, il sangue che le ribolliva, un milione di pensieri diversi che cercavano la precedenza nella sua testa.

Come hanno potuto fargli questo?

E di nuovo.

E perché ha continuato a lasciarlo fare?

Cadere ripetutamente nella stessa vecchia trappola.

Sapeva cosa avrebbero detto gli psichiatri.

Non ti dai abbastanza valore.

Come può aspettarsi di ricevere rispetto quando non rispetta nemmeno se stessa?

Bene, per loro è facile dirlo.

Vogliono sapere com'è sentirsi come una puttana che permette agli uomini di usare il suo corpo come se fosse uno straccio sporco.

Una madre che stava per scopare con i suoi fidanzati e ha lasciato la figlia sola a casa, fredda e affamata di nessuno che la desiderasse.

Una donna che l'ha convinta per anni che suo padre non l'amava.

Che li aveva abbandonati a causa sua.

Quando la verità era, era intimidito dalla sottomissione a cui era soggetto e troppo terrorizzato per tornare al suo regno di terrore.

Becky nascose il viso tra le mani e lasciò che le lacrime le inondassero i palmi delle mani.

Mi hai lasciato, papà.

Come hai potuto lasciarmi con quella cagna psicopatica?

Si sedette e si costrinse a fermare le lacrime.

La tristezza si tramutò in rabbia come la vibrazione di un interruttore.

Suo padre era un fottuto codardo.

Come tutti gli uomini.

Camminavano controllati dalle palle che oscillavano tra le loro gambe, ma non avevano il coraggio di usarle.

Solo una donna poteva farlo.

Il dolore era troppo.

Becky aveva bisogno di sesso.

Era l'unica cosa che l'avrebbe calmata.

Il sesso allevierebbe il dolore dentro di lei.

Dolore per non essere amato e per essere stato respinto, il che la faceva sentire una cagna sporca e usa e getta.

Per alcuni brevi momenti, un bacio appassionato, un desiderio lussurioso di portarla all'orgasmo e lei si sentirebbe guarita.

Tutto bene di nuovo.

Amato.

L'unico problema era che era diventata una dipendenza.

E una volta finito, dopo che gli uomini se ne andarono e tornarono con le loro mogli o la donna successiva disposta a allargare le gambe, quel luogo buio sarebbe tornato.

Fino alla prossima soluzione.

Becky non ce la fece più.

Bastava.

Questa volta qualcuno avrebbe pagato.

# Capitolo III

La vendetta è dolce.

O almeno così dicono.

Becky rifletté su questo mentre si lavava i lunghi capelli neri nello specchio del comò.

Era nuda, a parte un paio di mutandine nere adornate con un fiocchetto rosso.

I suoi seni di quarantatré anni erano fermi come quelli di una donna di dieci anni più giovane.

Era uno degli aspetti positivi del non poter avere figli.

Ha mantenuto la sua figura e il suo splendido fascino per un tempo più lungo.

Mentre le setole della spazzola le scivolavano tra i capelli, provò una calma che non sentiva da anni.

Qualcosa stava finalmente generando dentro di lei.

Non sarai più una vittima.

Lei stava lottando.

Sarebbe diventata una guerriera.

Ha scelto un rossetto rosso scuro dal suo trucco e lo ha applicato con cura sulle labbra, aggiungendo un po 'di pienezza dando un millimetro in più attorno al bordo.

Il colore completava i suoi capelli scuri e la pelle olivastra, dandole un aspetto leggermente mediterraneo che non avrebbe potuto essere più lontano dalla sua eredità britannica.

Doveva ammettere che stava bene.

Potrebbe avere una voce un po 'brutta per così tante sigarette e un'infanzia fottuta, per non parlare del bere, ma sapeva come farsi vedere per fare sesso.

Aveva imparato quell'abilità da sua madre e quando si rese conto di quanto fossero difficili le ragazze del nord, aveva anche imparato a usarlo a suo vantaggio.

Le ragazze sexy avevano il potere.

Potevano controllare gli uomini con i loro corpi, il loro profumo e uno sguardo provocatorio.

Quando Becky lo prese in considerazione, si rese conto che era ciò che le aveva permesso di sopravvivere per così tanti anni.

Si alzò e andò allo specchio a figura intera.

Inclinando la testa di lato, si prese a coppa il seno.

Mise il broncio con le sue labbra appena dipinte.

Sì, sembrava abbastanza buono da mangiare qualcosa di appetitoso.

E anche per mangiarti, pensò con una risata sensuale.

Sul letto c'era un vestito rosso.

Corto.

Molto provocante

Scollatura bassa per mostrare le sue tette.

Lei gli fece scivolare i piedi nudi e lo tirò su lungo il corpo.

Guardandosi allo specchio, si voltò e lo abbottonò.

Ammira il tessuto setoso, stropicciato ai fianchi, accentuando la sua tipica forma a clessidra.

Accanto alla porta c'era una fila di scarpe col tacco alto.

Becky si avvicinò e fece scivolare i piedi in una coppia rossa.

Il colore di stasera era scarlatto.

Rosso per sangue e omicidio.

# Capitolo IV

Il tassista si fermò fuori dal locale.

Becky notò che c'erano due gorilla vicino alle porte.

Pagò il tassista e uscì sulla strada illuminata dal lampione, l'aria dolce che toccava le sue spalle nude mentre la musica del club batteva sotto i suoi piedi.

Chiuse la portiera del taxi e si diresse verso l'ingresso, appoggiandosi alla spalla la tracolla della sua piccola borsa rossa.

Meeting Place era un moderno club per gentiluomini che era apparso in città un paio di anni fa.

Uomini di tutte le età sono andati lì nei loro ultimi abiti, immersi in bottiglie di lozione dopobarba, cercando di attirare le ragazze del nord che sono venute al suo profumo come cagna in calore.

Becky non ha fatto eccezione.

Ma stasera si è concentrata su un uomo in particolare.

Il posto era un alveare di attività, occupato per una notte infrasettimanale.

Un cantante si esibiva sul palco da un lato della stanza e il bar dall'altro era pieno di ragazzi più anziani curvi sui bicchieri di birra.

Uomini e donne sedevano in una vasta area piena di tavoli al centro della stanza, chiacchierando e guardando verso il palco.

Becky andò al bar e chiamò un bel giovane barista con il taglio di capelli da becco di una vedova.

"Ricky è qui stasera?" Chiese.

Il cameriere annuì. "Dietro a."

Becky le sorrise e si allontanò dal bancone, notando che gli occhi degli uomini più anziani si erano spostati dai loro drink a lei.

Si assicurò che avessero una buona vista del suo sedere mentre scompariva in un corridoio che conduceva agli uffici sul retro.

Ricky Morris era il proprietario di cinque locali notturni nella zona del Maine.

Aveva guadagnato i suoi soldi da accordi inaffidabili negli anni '90 e ha aperto la catena di club maschili che era stato un successo immediato con i ragazzi giocosi del Nord.

Era anche noto per aver lavorato con spogliarelliste e prostitute, fornendo loro clienti e tagliando i loro profitti.

Becky lo ha incontrato due anni fa al lancio di Meeting Place.

Di tutte le donne attraenti e le belle ragazze che erano lì quella notte, era stata lei ad avvicinarsi.

Forse riconosceva qualcosa di se stesso in lei, un tratto maschile che faceva appello alla sua natura ambiziosa e intraprendente.

Una donna che non si sarebbe inchinata o lusingata per i suoi soldi e il suo bell'aspetto.

Una donna che avrebbe giocato duro per ottenere ciò che voleva.

Becky bussò alla sua porta, ma non attese una risposta.

Entrando nella stanza, vide un lampo di carne e annusò l'inconfondibile profumo del sesso.

Una donna sui vent'anni giaceva sulla scrivania, i suoi seni nudi esposti attraverso un vestito che era ancora avvolto intorno alla sua vita.

Ricky la stava scopando in posizione eretta, i pantaloni neri attorno alle caviglie, il sudore che brillava sulla sua testa rasata.

Girò la testa all'interruzione.

"Fanculo." Si allontanò dalla donna e Becky vide il suo grosso cazzo, gonfio di eccitazione, scivoloso con il succo della donna.

Quando vide chi era entrato nella stanza, sospirò, si chinò e si tirò su i pantaloni.

La donna al tavolo si coprì il seno, cercando di nascondere il suo imbarazzo con una risata sensuale.

Piccola puttana, pensò Becky, camminando spudoratamente in ufficio.

Ricky si allacciò la cintura di pelle intorno alla vita quando scosse la testa perché la ragazza se ne andasse.

Continuando a coprirsi il seno, scivolò furiosamente dal tavolo, raccolse le scarpe col tacco alto e uscì in punta di piedi dalla stanza.

Ricky fece il giro della scrivania, lanciando un'occhiata a Becky, con il viso arrossato.

Prese un fazzoletto dalla tasca della camicia, si asciugò la fronte e allungò una mano in un cassetto per recuperare un portasigarette d'argento.

"A cosa devo il piacere?" Disse, aprendo la scatola e tirando fuori una sigaretta colorata.

Ne offrì uno a Becky.

Lei lo guardò mentre camminava verso la scrivania e prendeva una delle sigarette.

Era scarlatto.

"Controllare di nuovo la qualità della merce?" Disse, mettendosi la sigaretta rossa tra le labbra.

Ricky socchiuse gli occhi blu mentre accendeva la sigaretta e poi teneva l'accendino per accendere Becky.

"Qual è il tuo punto di interrompermi, venire qui senza preavviso?"

Becky prese un po 'della sigaretta accesa.

Soffiò via il fumo che strisciava verso il soffitto in un filo sottile.

"Vedo che sei stato occupato ultimamente."

Guardò il tavolo con un sorriso.

Le impronte di sudore dov'erano state le natiche della donna erano ancora presenti sulla superficie del vetro.

Ricky si sedette pesantemente.

Becky poteva quasi sentire il battito del suo cuore, il sangue continuava a pompare intorno al suo corpo dall'interruzione della sessione sessuale.

La studiò con curiosità.

"Hai finito?"

Becky scosse la testa.

"E allora? Noto qualcosa di diverso su di te."

Becky si tirò indietro i capelli e guardò il grande acquario che brillava dietro la testa di Ricky.

Grandi pesci in uno stagno molto piccolo, pensò ironicamente.

Poteva avere soldi e potere sulle donne, ma seduto lì sulla sua sedia senza idea di cosa stesse per succedere, era debole e patetico come qualsiasi altro uomo.

"Suppongo che debba essere a causa del tempo del mese", disse seccamente.

Si tolse la borsa dalla spalla e la posò con cura sulla superficie di vetro sul tavolo.

Ricky osservò i suoi movimenti con interesse.

Girò attorno alla scrivania e appoggiò i glutei sul bordo duro.

Ricky fece ruotare la sedia, si appoggiò allo schienale e la studiò.

"Non vedi l'ora di farlo", disse con attenzione.

"Quando non lo sono?", Rispose.

Ricky sorrise.

Lo adorava per lei.

Quell'appetito audace e disponibile per il sesso.

Soprattutto da una donna.

Lo ha reso duro in pochi secondi. Becky attese di vedere il suo cazzo risvegliarsi mentre muoveva il suo corpo per rivelare il suo seno.

"Sei una puttana" disse Ricky. "Niente ti ferma, vero? Neanche secondi sbadati in una cagna.

"Era solo l'antipasto. Sono il piatto principale. Il vero sesso."

Becky si sollevò il vestito sulla coscia e fece scorrere le dita tra le gambe.

Si era tolta le mutandine prima di uscire di casa, quindi aveva un facile accesso alle labbra nude tra le gambe.

Guardò Ricky e bevve un'altra boccata di sigaretta.

Il rigonfiamento che continuava a crescere nei suoi pantaloni gli diceva che avrebbe pianificato di essere dentro di lei in pochi secondi.

La sua figa si inumidì al pensiero, intensificata dalla consapevolezza che questa volta la soddisfazione sarebbe stata più dolce di qualsiasi altra.

Appoggiò le mani sulla superficie del vetro, lasciando tracce appiccicose della sua figa muschiata, e si mosse per posizionarsi direttamente di fronte a Ricky.

Mise entrambi i tacchi sulle braccia della sedia, allargando le gambe per dargli una visione completa di ciò che era tra le sue gambe.

L'eccitazione balenò negli occhi di Ricky mentre guardava in basso e vide il dolce nascosto sotto il vestitino rosso.

"Che cosa dovrei fare con quello?" Disse sardonico, alzando un sopracciglio.

Con i gomiti sul tavolo, Becky riuscì ancora a fumare mentre rispondeva con un sorriso sensuale.

Muto.

Ricky spense la propria sigaretta, schiacciandola spudoratamente sul vetro.

Respirò attraverso le sue narici, forse per avere un sapore profumato di ciò che doveva venire, immergendo le lunghe dita davanti alle sue belle labbra.

"Ti mangerò finché la tua figa non mi gocciolerà in bocca."

Becky formicolò sulla sua vulva mentre stringeva i muscoli.

Aveva sempre amato un ragazzo a cui piaceva mangiare la figa.

Ricky era felice di saturare la sua faccia nel suo succo, facendo cose con la lingua che lo avrebbero mandato altrove.

Sarebbe stato il modo più umano di andare, pensò.

Paura euforica.

Le sue grandi mani le toccarono le ginocchia e allargarono ulteriormente le gambe.

Becky lo guardò con cupo fascino, valutando l'eccitazione nei suoi occhi d'acciaio.

Si leccò le labbra scherzosamente.

Becky sorrise consapevolmente.

Quindi, prima che potesse fare qualsiasi altra cosa, la sua testa era tra le sue gambe e la sua lingua calda e bagnata si stava facendo strada dentro di lei.

La testa di Becky ricadde all'indietro mentre ansimava di piacere.

"Oh merda."

Ricky scosse la testa voracemente, leccandosi la carne appiccicosa.

Mangia, assapora, respira il suo profumo muschiato.

"Delizioso", Becky lo sentì dire con il suo profondo accento del Vermont.

Nemmeno a distanza avrebbe assaporato qualcosa di delizioso come la sua dolce vendetta, pensò.

Ricky aprì la cerniera dei pantaloni e tirò fuori il suo cazzo, strappandolo via con movimenti rapidi e duri del suo polso.

Becky si chiese brevemente se preferiva la sua figa a quella che aveva scopato pochi minuti prima.

Quindi decise che non le importava più.

Tutti gli uomini erano uguali.

Culi stupidi che abusano di puttane e succhiano le fighe. Anche se avevano la possibilità di mandarti in posti che non sapevi esistessero.

La lingua di Ricky era divina!

Becky guardò in basso e vide il cuoio capelluto lucido e rotondo alzarsi e cadere.

Questo è stato il suo momento.

Respirando profondamente, fece una pausa per un momento, poi unì le sue cosce in un rapido movimento, chiudendo il collo di Ricky tra le gambe.

Soffocò e cercò di andarsene, ma invano.

Becky prese la borsa rossa e tirò fuori un coltello.

Afferrò l'elsa con entrambe le mani e lo sollevò sopra la testa di Ricky.

Continuò a borbottare, afferrandole le cosce per aprirle.

Ma non poteva farlo.

Non riusciva a lasciarsi cadere il coltello in testa.

Ora che il momento era qui, non sembrava più una fantasia.

Sembrava un incubo.

Non era un'assassina.

Non poteva diventare qualcosa che non lo era.

L'avevano uccisa dentro e lei li disprezzava per quello, ma uccidere a sangue freddo la rese qualcos'altro.

La rendeva meno di loro.

Becky ha rilasciato la pressione delle sue cosce sulla testa di Ricky.

Uscì dalla trappola, ansimando e massaggiandosi il collo.

"Cagna pazza," urlò. "A cosa stai giocando?"

Becky aveva già nascosto la pistola nella sua borsa prima che Ricky sputasse rabbia.

"Pensavo che ti piacerebbe provare qualcosa di un po 'duro", ansimò, facendo del suo meglio per nascondere la paura nella sua voce.

Ricky allargò le gambe e si alzò in piedi.

"Non riuscivo a respirare!"

Becky armeggiò con il suo vestito e scese dal tavolo di vetro.

Mentre si alzava, notò l'espressione del dubbio negli occhi di Ricky.

"Oh andiamo," disse lei. "È stato divertente."

Riuscì a mantenere un sorriso mentre il suo cuore batteva freneticamente nel suo petto.

Ricky non disse nulla, cercando nei suoi occhi una specie di inganno.

Sarebbe stato l'unico a avere il sangue sulle mani se avesse saputo che aveva pianificato di ucciderlo.

Becky gli si avvicinò e si avvicinò alla sua faccia.

Baciò la sua guancia arrossata, lasciando il suo labbro scarlatto impresso sulla sua pelle.

"Ne ho avuto abbastanza per oggi. Starò meglio", ha detto.

Prese la borsa dal tavolo e si diresse verso la porta.

Poteva sentire gli occhi di Ricky inchiodati su di lei.

Penetrante.

Accusatorio.

"Aspetta" disse.

Becky si fermò.

Il suo cuore si bloccò.

Si voltò lentamente.

La sagoma scura di Ricky era delimitata dal bagliore luminoso dell'acqua dell'acquario mentre aspettava che parlasse.

"Vuoi i tuoi soldi", ha detto.

Becky si accigliò.

"Quali soldi?"

"Pago sempre le mie ragazze preferite."

Becky studiò i suoi occhi.

Cosa stava facendo?

"Non l'hai mai fatto prima."

"Era ora che lo facessi."

Prese un libretto degli assegni dalla scrivania.

Prese una penna dalla tasca della camicia e vi scrisse qualcosa.

Quando la sollevò per Becky, sentì il prurito al collo.

Ricky gli ha dato l'assegno.

Becky lo prese e guardò l'importo.

Quarantamila dollari.

Sbiancò e guardò incredulo incredulo Ricky.

"Per i servizi dovuti", ha detto.

Becky tornò a guardare la figura forte.

Quarantamila dollari.

Pagherebbe il suo mutuo.

Poteva prendere una macchina nuova.

Galleggia fuori.

Comprare nuovi vestiti.

Scarpe firmate.

Ricky non stava sorridendo mentre la guardava studiare l'assegno.

Lo sguardo che gli diede era preoccupante.

Becky guardò nervosamente i suoi occhi blu d'acciaio.

Sapeva che aveva cercato di ucciderlo.

Lo stava pagando.

Prendi i soldi, lasciami in pace, non venire.

Non voleva deluderlo.

Riuscì a sorridere e poi si voltò per lasciare la stanza, con la mano che tremava ancora trattenendo la sua nuova fortuna.

# FINE

# DESIDERIO SESSUALE
## ERIKA SANDERS

Amore mio, voglio che ti siedi davanti al tuo computer e mostri un'immagine, un pezzo visivo, come una figa.

Non il viso e il corpo, solo le ginocchia piegate e le gambe distese.

Con lunghe e belle dita eleganti che separano leggermente le labbra vaginali.

Immagina di entrare e sedermi su questa scrivania completamente vestita.

Ma poiché la tua sedia ha le braccia, metto i miei piedi vestiti con scarpe di tacco alto in pelle nera, avvolgente alla caviglia e dita appuntite su entrambi i lati di te.

Ti appoggi allo schienale e sorridi e anche io mi distendo sorridendo.

Sollevo il mio vestito nero e setoso e vedi che mi mancano le mutandine e che la lucentezza della mia umidità nella mia fessura è già evidente.

Vedrai la punta di un corsetto nero a cui sono anche attaccate le calze.

Sollevo il vestito con entrambe le mani, lo faccio scorrere sulla testa e svelo il corsetto di cuoio largo solo pochi centimetri.

I miei capezzoli sono eretti e alti mentre sporgono dall'alto.

Ti inchini, ma sono qui per giocare con te e indosso le mie scarpe a punta per tenerti dove sei.

Vedo un gallo notevolmente in crescita che deve uscire dai suoi pantaloni e chiederti di decomprimerli.

Mi faccio scorrere la lingua sulle labbra per tutta la lunghezza, sorridendo, mentre mi scivoli giù dai pantaloni.

La testa del tuo cazzo sporge dai tuoi pugili e anche questo ha un po 'di lucentezza esigente.

È così per una buona ragione.

Questa visione del tuo cazzo eretto mi eccita improvvisamente e ti chiedo di leccarmi.

Ti chini in avanti e lo fai, aprendo leggermente le mie labbra per trovare il mio clitoride.

Lo prendi in bocca, quindi sporge un po 'di più.

Avevo solo bisogno di quel tocco della tua lingua per farmi cento.

Mentre mi sistemo, ti chiedo di prendere il tuo cazzo con l'altra mano e accarezzarlo leggermente.

Sì, ma posso dirti che hai bisogno di più, questo non è abbastanza.

Ti costringo a inginocchiarti per portarti completamente in bocca, alternandomi a leccare dalla base alla cima, dall'alto verso il basso e dalla schiena alle palle, leccando l'interno del luogo in cui si trova il cavallo.

Ti piace quello che vedi quando sono in ginocchio, il mio culo è sottile come pochi centimetri di larghezza e il mio ano è stretto e accogliente.

Mi alzo di nuovo perché mi sto avvicinando troppo al climax.

Ti tiro in piedi e i pantaloni scendono oltre le ginocchia.

Hai ancora le scarpe, la cravatta ancora allacciata ma la camicia sbottonata fino in fondo.

Adoro aver bisogno di vedere quanta più pelle possibile della tua pelle.

Ora che sei in piedi ti chiedo di voltarmi le spalle.

Apri le gambe abbastanza da inginocchiarti dietro di te.

La mia lingua ti lecca le gambe, leccando le tue palle e fino alla fessura del tuo culo, leccando e girando la lingua attorno all'ano.

Prendo un vibratore dalla mia borsa e chiedo se posso usarlo su di te, ma prima che tu risponda, lo metto contro la tua pelle.

Con la mia bocca ho lasciato la saliva su tutto il culo in modo da aver lubrificato tutto.

Lo metto a bassa velocità e lo faccio scorrere tra le palle e tra le palle e il buco del culo.

L'altra mano corre tra le tue gambe e afferra il tuo cazzo, accarezzandolo e alimentandolo.

Il vibratore si sente bene nel tuo culo.

Lo metto vicino al tuo ano e faccio scorrere una delle due punte, quella sottile, che è anche la mia preferita.

Scivola dentro e metto l'altra estremità più verso il centro, dietro le tue palle, di nuovo, vedendo come la sensazione ti porta ad un altro livello.

Le tue mani si aggrappano alla scrivania e i tuoi occhi sono chiusi cedendo a tutto ciò che voglio fare.

Ma rimango così, accarezzando un po 'mentre lascio che il ronzio ti faccia pensare a cosa succederà dopo.

Mi fermo bruscamente e ti dico di voltarti.

Lo fai e il tuo viso è arrossato.

Ti stavi davvero divertendo e ti avvicinavi allo stato che desideri.

Ma preferisco rallentare per riportarti alla mia bocca.

Sono caldo come l'inferno e sto perdendo un po 'di controllo.

Quindi ti faccio sedere di nuovo e mi inginocchio davanti a te e ti chiedo di accarezzarti, ma lentamente.

"Accarezza il mio amore."

Mentre mi inginocchio davanti a te e mi sdraio sui talloni.

Accendo il vibratore e lo strofino sulla parte esterna della mia vagina, sopra il clitoride.

Mi ci vuole meno di un secondo per raggiungere l'orgasmo.

Le gambe e le ginocchia sono aperte e tiro indietro la testa, allungando la figa con le mani per farti vedere i muscoli del mio orgasmo muoversi.

Tengo il vibratore fino a quando non ho finito e i miei succhi si riversano.

Ti guardo e ti masturbi, aumentando il ritmo.

Il tuo ritmo è accelerato ed è così eccitante che mi inginocchio, chiedendoti di venire sul mio viso e sul petto.

E sì, certo che lo fai.

Vedo come escono i getti del tuo latte.

Ma finisci per lanciare i getti sullo schermo del computer e sulla tastiera.

Ci salutiamo un'altra volta e spegni la webcam.

# FINE